Rita Roth

Sommer im Glas
Komische Vögel und Meeresgeflüster

Rita Roth

Sommer im Glas

Komische Vögel und Meeresgeflüster

Bibliografische Information der Deutschen Nationalbibliothek:
Die Deutsche Nationalbibliothek verzeichnet diese Publikation in
der Deutschen Nationalbibliografie; detaillierte bibliografische Daten
sind im Internet über dnb.dnb.de abrufbar.

Texte: Rita Roth – www.ritaschreibt.de

Covergestaltung: Wolkenart – Marie-Katharina Wölk,
www.wolkenart.com
Bildrechte: © MicroOne – Bigstockphoto.com
Satz: ebokks.de, Hildesheim
Herstellung und Verlag: BoD – Books on Demand, Norderstedt

ISBN: 9783752860566

1. Auflage

Inhalt

Widmung

Dieses Buch widme ich allen Freunden
der sommerlichen Leichtigkeit.

Einige dieser Geschichten sind in einem Strandkorb oder aber bei
Strandspaziergängen entstanden. Das lilafarbene Herz findet man
tatsächlich auf Norderney in der Nähe der „Weißen Düne" und freche Möwen, die einem das Brötchen klauen, kann man immer wieder beobachten.

Alles andere ist frei erfunden. Ähnlichkeiten sind rein zufällig und
nicht beabsichtigt.

Komischer Vogel

*E*s war Liebe auf den ersten Blick. Wobei mein Blick als Erstes auf seine Füße fiel. Nackt, gebräunt und mit feinstem Inselsand gepudert ragte sein großer Zeh neugierig vor mir in die Höhe. Schön rund war er und der helle Zehennagel bildete einen wunderbaren Kontrast zu seiner gebräunten Haut.

»Hoppla! Entschuldigung! Ich wollte dich nicht zu Fall bringen«, klang es aus dem Strandkorb und eine hilfreiche Männerhand streckte sich mir entgegen.

Ich mochte meinen Blick kaum heben, denn dieser Fuß war einfach viel zu sexy für einen Mann. *Eine geballte Ladung Erotik, schon allein im großen Zeh,* schoss es mir durch den Kopf. Zögernd schaute ich auf, ich wollte wissen, zu wem dieser Körperteil gehörte. Für den Bruchteil einer Sekunde stockte mir der Atem, als ich in seine strahlend blauen Augen blickte, die von einem Faltenkranz umgeben waren und die mich mitten ins Herz trafen. Doch nicht nur dort, wie ich wenig später erkannte, auch eine Etage tiefer.

»Himmel, ist der schön!«, stammelte ich und merkte erst jetzt, dass ich die ganze Zeit vor dem Unbekannten im Sand kniete und seinen Zeh in meiner Hand hielt. Die Röte, die unter meinem Sonnenbrand hervorkroch, war mit Sicherheit nicht zu übersehen. In dem Moment war ich heilfroh, als eine Möwe herabschoss und sich mein Brötchen schnappte, das mir bei dem Sturz aus der Hand gefallen war.

»So eine Frechheit!« Laut schimpfend schaute ich dem Vogel hinterher, der mit meinem Frühstück im Schnabel davonflog und nun fröhlich über uns kreiste. Die Möwe hatte mich einigermaßen aus dieser verdammt peinlichen Situation gerettet.

»Hannes«, sagte der Fußmensch und lachte.

Seine Augen verschwanden unter den Fältchen ringsherum und waren jetzt kaum noch zu erkennen. Trotzdem brachten sie mich immer noch völlig durcheinander.

Ob der Typ sich über den unverschämten Vogel oder womöglich über mich lustig machte, kann ich bis heute nicht sagen. In dieser Situation kam ich mir selbst vor wie ein komischer Vogel.

»Wie, Hannes?«

Dass ich mich so dämlich anstellen konnte, erstaunte mich selbst wohl am allermeisten. So blöd durfte und konnte man in meinem Alter doch nicht mehr sein. Oder doch? Mir kamen Zweifel. Meine Geburtstage lagen jenseits der Vierzig und an magische Momente oder gar an Liebe auf den ersten Blick glaubte ich schon lange nicht mehr. Zu oft hatte ich mein Herz verschenkt, war auf die Nase gefallen und mit reichlich Lebenserfahrung daraus hervorgegangen.

»Ich heiße Hannes«, erklärte er betont langsam. »Und wer bist du?«

Ich kniete noch immer vor ihm im Sand, mit verstrubbelten Haaren und mit reichlich Sonnencreme auf meiner geröteten Haut. Zu allem Überfluss lief ich in meinem bequemen Urlaubsschlabberlook herum und hatte mir nicht einmal die Wimpern getuscht. Von Styling und Frisur ganz zu schweigen. Konnte ich denn ahnen, dass mir ausgerechnet heute der Mann meines Herzens über den Weg laufen würde?

»Ach so. Ja klar! Also, ich bin Emilia und heute ist irgendwie ein komischer Tag«, erwiderte ich, atmete tief durch und fand langsam meine Fassung wieder. »Heute scheint alles anders zu sein als sonst. Ich selbst nicht ausgenommen.«

»Ich liebe Chaostage«, grinste er, »und Frauen, die mir zu Füßen liegen. Auch wenn sie das normalerweise niemals tun würden.« Hannes zwinkerte mir vielsagend zu.

Ganz schön unverschämt der Kerl!

Er nahm meine Hand, zog mich zu sich in den Strandkorb und bot mir einen Apfel an. Herzhaft biss ich hinein, der Saft spritzte ihm dabei ins Gesicht. Lässig wischte er die Spritzer mit seinem weißen Shirt ab.

Nur meinen Blick, den konnte er nicht abwischen. Ich saß wie hypnotisiert neben ihm und konnte meine Augen nicht von ihm lassen. Vielleicht lag es daran, weil er so gar nicht dem Typ Mann entsprach, von dem ich mich normalerweise angezogen fühlte.

Hannes musste deutlich älter sein als ich. Zu seinen Lachfalten gesellten sich tiefe Furchen auf Stirn und Wangen. Mein Blick streifte seine Nase. Sie war klassisch, weder zu groß noch zu klein, genau passend und sie gefiel mir besonders gut. Danach wanderten meine Augen zu seinem Mund. Er hatte nicht die weichen Lippen eines Mannes in meinem Alter, aber es waren auch keine schmalen, zusammengekniffenen Lippen. Keinen harten Zug konnte ich um seine Mundwinkel erkennen und erfreulicherweise auch keine Bartstoppeln.

In seinem schulterlangen Haar, das er offen trug, schimmerte nur vereinzelt etwas Silbergrau hindurch. Verwegen und ungemein attraktiv sah er mit den vom Wind zerzausten Locken aus, die ihm ins Gesicht fielen.

Und er roch so gut! Es war eine belebende Mischung, die nach Meer und Sonne duftete. In diesem Moment wusste ich, mit uns beiden würde es mehr werden.

»Und? Hast du jetzt alles gesehen?«, wollte Hannes wissen und fuhr mit dem Finger über meine Wange. Angeblich klebte dort ein Tupfer Sonnencreme.

»Hm«, nickte ich stumm. Wortlos strich ich ihm die Haare aus dem Gesicht und kam ihm dabei so nah, dass unsere Lippen sich berührten. Was dann geschah, ist schwer in Worte zu fassen. Sonnenflimmern und Herzflüstern breitete sich in mir aus, ich war fasziniert, regelrecht geflasht. Aber vielleicht hatte ich auch nur einen leichten Sonnenstich. Es war mir egal.

Dieser Mann hatte mich mitten ins Herz getroffen. Seine Art, wie er später meinen Körper berührte, selbst mit seinem großen Zeh, ließ mich taumeln und schaute ich in seine Augen, so war es, als schaute ich in den Himmel.

Hannes machte mich glauben, dass es sie gibt, die Liebe auf den ersten Blick.

Sommer im Glas

Die Zeit der duftenden Pfingstrosen neigte sich mit großen Schritten dem Ende entgegen. Ihre prall gefüllten Blütenköpfe welkten dahin und verloren ihren Duft.

Julie hatte sich in den Kopf gesetzt, den Sommer einzufangen, und zwar mit Fotos, mit Bildern und mit Marmelade und Gelee aus der eigenen Küche. Jedes Jahr probierte sie neue Rezepte aus. Mal fügte sie einen Schuss Likör oder einen Hauch Ingwer hinzu, etwas Anderes ließ sie dafür weg.

Liebe und Lebenslust spiegelten sich in den satten Farben und der fruchtigen Süße der Konfitüren wider. Nur beste und frische Zutaten kamen für ihre Marmeladen in Frage. Am liebsten pflückte sie die Beeren eigenhändig von den Sträuchern. Freunde belächelten zuweilen ihren Marmeladentick, freuten sich jedoch über die köstlichen Mitbringsel.

Die Geschichte, die sich hinter Julies Marmeladentick verbarg, verriet sie niemandem. Diese Geschichte blieb ihr süßes Geheimnis.

***

Angefangen hatte es mit ihrer Marmeladenliebe an einem sommerlichen Tag Ende Juni. Die Sommersonnenwende lag etwas zurück und mit fast dreißig Grad im Schatten, zeigte sich der erste wirklich heiße Tag des Jahres. Die Luft schwirrte. Genauso, wie ihr Innerstes. Sie stand unter Strom, denn gleich würde ER kommen. Endlich! Das letzte Treffen lag Monate zurück, damals war es noch Winter gewesen.

Julie hatte Kaffee gekocht, den Frühstückstisch liebevoll gedeckt und ging noch schnell frische Brötchen holen. Als sie den kurzen Weg vom Bäcker zurücklief, sah sie ihn schon von Weitem vor ihrer Haustür stehen. Er lächelte ihr entgegen, breitete die Arme aus und umfing sie mit Zärtlichkeit.

Der letzte Schluck Kaffee wurde kalt, als er anfing, die Marmelade von ihren Lippen zu lecken. Es waren nicht nur die Lippen ihres Mundes.

Es war der heißeste Tag in diesem Sommer, dazu der heißeste Typ, den Julie jemals kennengelernt hatte. Eine Kombination, die mit nichts zu toppen war.

Abends ging Julie in ihren Garten. Sie träumte all das, was an diesem Vormittag geschehen war noch einmal und pflückte Johannisbeeren. Sonnenwarm, rot, prall, süßsauer und durchscheinend leuchteten die Beeren in ihrer Hand.

Als es dämmerte, kehrte Julie ins Haus zurück. Sie kochte Marmelade, angefüllt mit schönen Gedanken und Glückshormonen, und ohne Höschen unter dem Kleid, in dem ER sie geliebt hatte.

Auf eines der Gläser malte sie ein dickes Herz neben das Datum. Sie stellte es weit oben in den Vitrinenschrank, dorthin, wo sie besondere Momente sammelte.

Die Nacht war heiß. Das Laken zerwühlt. Zwischen den Falten leuchtete an einer Stelle ein kleiner, roter Marmeladenfleck. Julie wünschte insgeheim, dass er niemals herausgehen würde.

Sie wusste, es war das letzte Treffen.

Balkonidylle

*N*eulich, als diese wahnsinnige Sommerhitze alles und jeden in Trägheit tauchte, wurde es fast langweilig auf meinem kleinen Stadtbalkon. Um mich herum herrschte ungewohnte Ruhe, es war verdächtig still. Sollte das die Ruhe vor einem großen Sturm sein, die lediglich durch das Vorbeirauschen der Eisenbahn auf den nahegelegenen Gleisen unterbrochen wurde?

Selbst der nervtötende Fußballnachwuchs aus den umliegenden Häusern schien bei dieser Hitze zu schlapp zu sein, um den Ball zu treten. Stattdessen vergnügten sich die lieben Kleinen im aufblasbaren Pool, in dem etliche Elternfüße neben den kleinen Füßchen Abkühlung suchten. Von meinem Balkon aus konnte ich zusehen, wie die Mamas und Papas im kühlen Nass selbst wieder zu Kindern wurden. Anfangs wurde noch herumgespritzt und geplantscht und mit den Wasserpistolen wurde scharf geschossen. Doch dann verebbte auch das Gelächter und Gekreische.

Bevor ich meinen Sonnenschirm aufspannte und es mir im Liegestuhl bequem machte, hatte ich zusammen mit meinen Geranien Kaffee getrunken. Genauer gesagt trank ich den Kaffee und meinen Geranien spendierte ich den Kaffeesatz aus meiner Stempelkanne. Die Pflanzen dankten mir diese kleine Aufmerksamkeit mit schier unermüdlichem Blüheifer.

Leichtbekleidet und reichlich sonnencremeverschmiert döste ich also im Schutze meines Sonnenschirms. Ich merkte noch, wie mir mein Buch, welches von den Dämonen eines Mr. Grey erzählte, aus der Hand glitt und meine Augenlider schwerer und schwerer wurden.

Dösig und schweißtriefend verharrte ich in der flirrenden Sommerhitze in einer Art Dämmerzustand und schreckte auf, als eine energische männliche Stimme wie aus dem Nichts die Stille durchschnitt.

»Nun meine Schöne, sei nicht so sperrig! Ich werde dir schon zeigen, wo es langgeht. Pass gut auf, ich werde dich jetzt fixieren! Du kannst dich winden, so viel du willst. Mit Vergnügen schaue ich dir dabei zu und bringe dich in die Position, in der ich dich haben will.«

Hui, dachte ich, *was geht denn da gerade ab?* Augenblicklich kehrten meine Lebensgeister zurück und mein Kopfkino knipste einen heißen Film an. Ein Nickerchen konnte ich schließlich auch später noch machen. Woher kam diese Stimme? Was ging da vor sich? Sollte ich eingreifen und die widerspenstige Schöne vor dem brutalen Kerl retten?

Ich schob mir die Sonnenbrille auf die Nase, zupfte an den Blüten im Balkonkasten, beugte mich über die Brüstung und schaute hinab in die umliegenden Gärten, begierig herauszufinden, was da unten los war. Mit gespitzten Ohren lauschte ich vom dritten Stock aus und kam mir vor, wie eine Detektivin in geheimer Mission. So sehr ich meine Sinne auch strapazierte, es war mir nicht möglich zu identifizieren, aus welcher Richtung die Stimme kam.

»Sei nicht so widerspenstig, meine Schöne! Ich weiß doch, was gut für dich ist! Du sollst natürlich bekommen, was du brauchst!«, klang es jetzt noch ruppiger von unten herauf.

Donnerwetter! Wo bin ich denn hier hingeraten? Meine Neugier lief nach diesen Sprüchen zu absoluter Höchstform auf.

Oha!

Ich beugte mich noch etwas weiter vor und inspizierte die Balkone unter mir. Eine Etage tiefer blickte ich auf meinen jungen Nachbarn, der splitterfasernackt, nur mit einer Zigarette in der Hand, sein breites Kreuz über das Geländer lehnte. Er fühlte sich wohl unbeobachtet. Im Treppenhaus war er mir bisher nie sonderlich aufgefallen. Man grüßte sich, mehr nicht.

Nicht schlecht!

Mein Blick wanderte vorbei an seiner Schulter, dem deutlich erkennbaren Bizeps und blieb einen etwas zu langen Moment an seiner überaus wohlgeformten Gesäßmuskulatur hängen.

Vorsichtig reckte ich mich auf die Zehenspitzen, schob meinen Oberkörper noch wenige Zentimeter weiter vor und dann war ich endlich im Bilde, woher die Stimme kam.

Es war der nette ältere Herr aus dem Erdgeschoss, der diese anregende Unterhaltung führte. Mit einem Schmunzeln, und sorgfältig darauf bedacht mich nicht zu verraten, beobachtete ich das Treiben unter mir. So wie es aussah, bastelte der harmlos wirkende Nachbar seiner Clematis eine Rankhilfe. Wie mit einer guten Freundin unterhielt er sich währenddessen mit der Kletterpflanze. Er konnte ja nicht ahnen, welche Fantasien er mit seinen

Sprüchen bei mir ausgelöst hatte. In meinem Kopf geisterte die Frage herum, ob womöglich jemand eine Szene aus *Shades of Grey* nachspielte.

***

»Oh mein Gott!«, entfuhr es mir, als der junge Nachbar eine Etage tiefer, sich umdrehte. Amüsiert und ohne jegliche Scham lachte er mich an. Gedankenverloren hatte ich bei meinen Beobachtungen die verblühten Teile der Balkonpflanzen abgeknipst und die vertrockneten Blättchen nach unten rieseln lassen.

Der Typ grinste hinter seiner verspiegelten Sonnenbrille, das war eindeutig. Die Gläser meiner Sonnenbrille beschlugen von innen, so heiß wurde mir mit einem Mal. Irgendwas Dummes stammelnd duckte ich mich weg. Aber das Bild von ihm, so ganz ohne alles, das klebte in meinem Kopf wie der Kokosduft von Sonnencreme auf meiner Haut. Mir war klar, dass ich in der nächsten Zeit alles daransetzen würde, um dem Typ im Treppenhaus nicht über den Weg zu laufen.

***

Ich war schon im Begriff, mich in die Kühle meines Wohnzimmers zurückziehen, als ich erneut Stimmen hörte, die immer lauter und immer eindringlicher heraufschallten. Rufe nach Charlie wurden laut, wer auch immer das sein mochte. Mein Nachbar war es jedenfalls nicht, auf dem Klingelschild stand ein anderer Vorname als Charlie.

Kurze Zeit später herrschte wieder absolute Stille. Unvermittelt wurde sie durch einen erstickten Schrei zerrissen. Trotz Sommerhitze stellten sich meine Härchen auf den Armen auf, und eine Gänsehaut breitete sich über meinen ganzen Körper aus.

»Charlie ist tot! Charlie … ist … tot!«

Gebannt lauschte ich. Tränen traten mir in die Augen, der Schrei ging mir durch Mark und Bein. Meine Neugierde wurde in eine andere Richtung gelenkt. Vorsichtig linste ich wieder über das Balkongeländer. Der Nachbar von unten schaute genauso interessiert in die Gärten, er hatte sich immer noch nichts angezogen.

Handelte es sich um Mord und Totschlag direkt vor meiner Haustür? Oder wurde vielleicht in der Nähe ein Tatort gedreht?

Ich atmete erleichtert auf, als sich herausstellte, dass es sich bei Charlie ‚nur‘ um das Kaninchen der jungen Frau von nebenan handelte. Leblos hatte sie es in seinem Gehege unter einem Gebüsch aufgefunden. Als Todesursache vermutete man einen Hitzschlag! Obwohl Charlies Ableben natürlich todtraurig war, musste ich nun doch lachen.

Wie von Geisterhand versammelten sich die Bewohner des Nachbarhauses samt Anhang um das arme Tier. Lautes Schluchzen und tröstende Worte schwappten zu mir herauf. Nebenan beschloss man, dass die Bestattung von Charlie noch am selben Abend, in aller Stille stattfinden sollte.

Die Trauerfeier fand noch vor Einbruch der Dunkelheit, drei Balkone weiter rechts von mir, statt. Ein Meer von Kerzen wurde für Charlie entzündet und erhellte die Nacht. Gläser klirrten aneinander, leises Gitarren-spiel klang herüber und zu fortgeschrittener Stunde wurde gesungen.

Gegrillt wurde an diesem Abend ausnahmsweise nicht auf dem Balkon.

Strandkorb Nr. 213

»Denkst du zufällig auch gerade das, was ich denke, meine kleine Strandschnecke?«

»Hm«, seufzte Heike, »ich glaube schon.« Sie warf ihrem Schatz einen Seitenblick zu, nahm seine Hand und fragte: »Wollen wir einen Spaziergang zu *unserem Strandkorb* machen? Wir sollten unbedingt mal nachsehen, ob unsere geheimen Botschaften von damals noch in ihm stecken. Meinst du nicht auch? Wir könnten ja … Puh, ist mir heiß!«

Heike fächelte sich mit einer Serviette Luft zu. Unvermittelt wurde sie krebsrot im Gesicht, als hätte sie einen Sonnenbrand.

»Ja los, dann lass uns gehen.«

***

»Wie gemein! Die Strandkörbe sind bis auf wenige Ausnahmen schon alle besetzt.« Heike blieb stehen und sah sich um.

»Das war ja wohl nicht anders zu erwarten, bei dem schönen Wetter«, meinte Simon. Hand in Hand schlenderten die beiden durch den warmen Sand am Strand entlang. Jedesmal wenn ein Strandabschnitt mit gestreiften Strandkörben in Sicht kam, hielten sie

Ausschau nach *ihrem Strandkorb*. Den, mit der Nummer 213.

Im August vor vier Jahren hatten sie ihren ersten gemeinsamen Urlaub auf der ostfriesischen Insel Norderney verbracht. Frischverliebt nutzten sie jede noch so kleine Gelegenheit zum Kuscheln, Küssen und um Zärtlichkeiten miteinander auszutauschen. Wenn sie sich unbeobachtet fühlten, auch schon mal sehr intime Zärtlichkeiten. Der Strandkorb Nummer 213 schirmte sie vor allen aufdringlichen Blicken ab. Er war wie geschaffen für diese Art inniger Zweisamkeit.

Versonnen bummelten die beiden am Meeressaum entlang, lachten über ihre Fußabdrücke im feuchten Sand, sammelten Muscheln, blieben zwischendurch stehen, um die Wolkenformationen und die feine Linie am Horizont, wo Himmel und Erde aufeinandertrafen, zu beobachteten. Sie blickten einfach nur in die Ferne und schwiegen.

Das Tagesziel von Heike und Simon war ein Ausflug zum Strandlokal *Weiße Düne*. In besagtem Strandabschnitt hatte ihr Strandkorb damals seinen Platz gehabt.

»Simon, was machen wir denn, wenn es ihn nicht mehr gibt? Oder wenn wir ihn nicht wiederfinden?« Heike zweifelte daran, dass noch alles genauso wäre, wie vor vier Jahren.

»Bestimmt steht er da noch irgendwo«, versicherte Simon und drückte Heikes Hand ganz fest. »So ein echter, ostfriesischer Strandkorb, der hat ein langes und interessantes Leben, der trotzt Wind und Wetter.«

Von Weitem erkannten sie jetzt schon die blauweiße Fahne des Lokals. Schlapp hing sie an dem Mast, bewegte sich so gut wie gar nicht. Mit großen Schritten liefen sie weiter, wurden schneller, bis der Aufgang zur *Weißen Düne* vor ihnen lag.

An dem Aufgang blieben sie noch einmal stehen und schauten auf das Meer, das unter der Sonne glitzerte. Das Wetter zeigte sich heute wie aus einem Reiseprospekt, es hätte nicht schöner sein können. Es war einer der seltenen Tage, an denen kein Lüftchen wehte.

Mit dem Handy schossen sie verrückte Selfies, zogen Schnütchen, stupsten ihre Nasen aneinander, wuschelten sich durch die Haare und waren noch genauso verrückt nacheinander, wie bei ihrem Kennenlernen.

Verliebt drückte Heike Simons Hand. Er zog sie sanft weiter, er hatte Hunger. Unvermittelt blieb Heike stehen und zeigte dorthin, wo der Strand so gut wie menschenleer vor ihnen lag.

»Schau mal. Da! Da vorne ist er! Unser Korb!«

Simon hielt sich die Hand über die Augen und blinzelte.

»Tatsächlich! Das muss er sein«, bestätigte er. »Aber …! Wie blöd, er ist schon besetzt.« Simon bewegte sich nicht vom Fleck. »Na komm, lass uns erstmal einen Kaffee trinken. Und dabei könnten wir ein bisschen herumspinnen, wie wir die Korbbesetzer aus unserem Strandkorb vertreiben.« Simons Haare standen ihm jetzt wild zu Berge, er zerraufte sie immer, wenn er nachdachte.

»Na, denn mal nix wie los!« Heikes Grübchen traten zum Vorschein, sie grinste von einem Ohr zum anderen.

Bestimmt würde ihnen zusammen was einfallen. Oft genug hatten sie das ausprobiert, auch in der Beziehung waren sie ein echt gutes Team.

Mit sandigen Füßen und Sandalen in den Händen schlenderten sie auf das Lokal zu und ergatterten einen der begehrten Loungesessel. Heute ist unser Glückstag, beschloss das verliebte Pärchen und bestellte Kaffee, Kuchen und Prosecco.

»Prosecco beflügelt die Sinne«, kicherte Heike und sah ihrem Schatz verschwörerisch in die Augen.

»Ja, ja, meine kleine Strandschnecke, das wissen wir ja zu gut. Damit hat es damals angefangen, mit einem Glas Prosecco«, erinnerte Simon sich. »Ich liebe es, wenn du so wunderbar leichtsinnig wirst.«, schmunzelte er und stellte die Flasche in den Kühler zurück.

»Auf den Leichtsinn!«

Er legte den Arm um seine Heike und sie prosteten einander zu. Sie alberten herum und stellten freche und leichtsinnige Vertriebsstrategien in Sachen Strandkorb an.

»Wir könnten uns in den Korb daneben setzen. Der ist noch frei und dann könnten wir ein bisschen Unruhe verbreiten. Wir drehen die Musik ordentlich auf, nehmen eine Bildzeitung mit und lesen laut daraus vor. Wie findest du das?«, fragte Heike und schüttelte den Kopf. Das war reine Spinnerei, was sie da von sich gab.

»Dann könnten wir uns auch gleich mit unseren Handtüchern vor deren Strandkorb legen. Wir benehmen uns nett und freundlich, so wie wir ja auch sind und reden über das Unwetter, das angeblich schon im Anmarsch ist. Wir müssten zwischendurch natürlich immer besorgt nach oben schauen. Sieh mal, da ist wirklich schon eine kleine Wolke am Himmel.«

»Simon, du bist manchmal echt zu lieb und zu wohl erzogen«, neckte Heike ihn und küsste den Milchschaum von seiner Oberlippe. »Aber dein Vorschlag funktioniert garantiert nicht. Die schauen doch dann als erstes auf dem Handy nach.«

»Weißt du was mein Schatz, irgendwie habe ich überhaupt keine vernünftige Idee. Und uns so richtig dämlich zu benehmen, das passt nicht zu uns, das ist nicht unser Stil.« Simon gähnte. Der lange Spaziergang, die frische Seeluft und nicht zuletzt der Prosecco in der Nachmittagssonne, zeigten ihre Wirkung.

»Da hast du auch wieder Recht. Was hältst du denn davon, wenn wir einen Wein oder etwas anderes mitnehmen und die Leute fragen, ob sie mit uns den Strandkorb tauschen würden. Ganz höflich. Wir können ihnen ja auch erzählen, dass wir uns in dem Strandkorb verlobt haben.«

»Und du sagst, ich bin zu lieb! Deine Idee ist ja noch viel netter.« Leicht angetüddelt dösten Simon und Heike ein. Der beschwipste Leichtsinn wich einer angenehmen Müdigkeit. Nach nur einem Viertelstündchen wurde es ringsum so laut, dass sie aufschreckten. Wie besprochen kauften sie einen leichten Sommerwein und schlenderten, mit schönen Erinnerungen an ihren ersten Urlaub, auf den Standkorb mit der Nummer 213 zu.

»Schau mal«, rief Heike, »unser Strandkorb ist inzwischen frei geworden!« Sie machte einen Luftsprung, klatschte dabei in die Hände und freute sich wie ein kleines Mädchen. Simon hielt ihren Freudensprung spon-

tan mit dem Handy fest. Das Foto wollten sie den El-
tern schicken.

Außer einer verblichenen Socke und zerknüllten Tempo-
tüchern fanden sie nichts in dem Korb. Sie sammelten
den Müll ein, später würden sie ihn entsorgen.

»Perfektes Timing, würde ich sagen. Gut, dass wir erst
jetzt ankommen.«

Simon und Heike breiteten ihre Decke in dem Korb
aus, suchten noch einmal nach den geheimen Botschaften längst vergangener Tage und schauten der
Sonne zu, die sich rotglühend über der Nordsee ver-
abschiedete.

Verliebt schmiegten sich die Zwei aneinander und
taten all das, was sie auch vor vier Jahren miteinander
getan hatten. Sie gaben sich dem Leichtsinn und der
Lebenslust hin, tauschten Küsse und Zärtlichkeiten und
der alte Strandkorb schwieg über die schönen Momente,
die er miterleben durfte. Hin und wieder quietschte er
nur leise. Es hörte sich an, als ob er es genießen würde.

Spätabends befestigten Heike und Simon ein kleines Vorhängeschloss mit Gravur an einem Zaun in der
Nähe. Seit diesem Tag fahren die Zwei mindestens einmal im Jahr auf *ihre Insel*. Sie vergewissern sich, ob das
Liebesschloss noch an seinem Platz hängt und kuscheln
in ihrem Verbündeten, in dem blauweiß gestreiften
Strandkorb, mit der Nummer 213.

Meeresgeflüster

Wenn man in die Stille abtaucht am Meer,
und das Denken aufgibt,
dann kann es passieren,
dass man das Meeresgeflüster hört.

Es ist nicht so, dass das Meer immer nur flüstert. Oft ist es laut und tosend, spielt mit dem Wind und tanzt mit dem Sturm. Oder man hört das monotone, einlullende Geräusch der Wellen, die in ihrem natürlichen Rhythmus immer wieder kommen und gehen.

Doch unter all dem verbirgt sich ein zartes, ein leises, säuselndes Geflüster. Da gibt es winzige Muscheln und Schneckenhäuser, die sich treiben lassen von einer Strömung und zufällig auf große, prachtvolle Schneckenhäuser treffen, deren Gänge von innen mit kostbarem Perlmutt ausgeschlagen sind.

Manch kleinem Schneckchen gefällt das sehr. Es lässt sich anspülen, verankert sich oben auf einem Haus und logiert als Dauergast. Durch die Windungen des Schneckenhauses flüstern die kleinen Meeresbewohner ihre Geschichten. Sie erzählen vom Treiben auf dem

Meeresgrund und von ihren weiten Reisen, durch die Meere der Welt.

Manch Schneckchen flüstert und wispert unverständliche Liebesworte, die im Innersten des mächtigen Schneckenhauses widerhallen und die sich dort festsetzen. Mit jedem Zauberwort wird die Verbindung der beiden Meeresbewohner inniger, bis sie sich nicht mehr voneinander lösen können.

Auf diese Art und Weise kommunizieren unzählige winzige Meeresbewohner miteinander. Tief im Dunkel des Meeres, dort, wo es still ist und nur das Summen, Flüstern und Gekicher ab und an eine kleine oder auch eine größere Welle auslöst.

Matrosenhose

Seit zwei Tagen bin ich erst hier im Urlaub und schon fängt meine Seele an zu baumeln. Träge und verspielt baumelt sie an mir herum, vorzugsweise am Schlag meiner marineblauen Matrosenhose. Verwegen schwingt sie sich zwischendurch auf meine Schulter und spielt Verstecken hinter meiner Sonnenbrille.

Ich gebe es zu, die Matrosenhose ist meine neueste Errungenschaft. Ich musste sie mir auch noch in Rot kaufen, denn Rot bedeutet *Power*. Und etwas mehr Power zwischen den ausgiebigen Sonnenbädern kann nicht schaden. Rot wirkt belebend, es lässt mich ein bisschen frecher und mutiger werden.

Diese Hosen bestimmen das Bild unseres Urlaubsortes an der Küste. Wo man auch hinschaut, alle laufen damit herum. Falls man nicht gerade dösig, nur mit einem Hauch von einem Nichts bekleidet und nach Sonnencreme duftend, am Strand liegt. Welch ein Leben!

Einfach nur daliegen, im heißen Sand, unter einem Sonnenschirm. Nichts tun, vielleicht sogar noch nicht einmal denken. Und das alles ganz ohne schlechtes Gewissen. Schließlich hat der liebe Gott dieses paradiesische Fleckchen Erde geschaffen, damit wir von der

Arbeit und der Last des Alltags auszuruhen können, um aufzutanken und um das Sonntagsgefühl zu zelebrieren.

Seit diesem Hosenkauf, auch mein Liebster legte sich eine Matrosenhose zu, also seit den neuen Klamotten, sind wir irgendwie verändert.

Mein Liebster heißt nicht mehr Klaus, sondern Cherié. Wir tauschen tiefe Blicke und wenn uns danach ist und wir ganz mutig sind, auch innige Küsse. Ich fühle mich neuerdings leicht und beflügelt und verliebe mich gerade neu in meinen Mann, der in seiner gutsitzenden Matrosenhose total sexy aussieht und mir diese Reise zur Silberhochzeit geschenkt hat.

Selbst unser Essverhalten ist ein anderes. Frische Erdbeeren mit fluffiger Sahne stehen als Hauptnahrungsmittel auf unserem Speiseplan. Aber auch knackiger Spargel, dazu Garnelenpieße. Vielleicht fühle ich mich deshalb so leicht? Nein, ich bin überzeugt, es liegt an der Hose.

Vom vielen Faulenzen, oder auch von den heißen Küssen, bekommen wir gelegentlich einen mordsmäßigen Heißhunger auf etwas Richtiges, auf etwas Deftiges, etwas Bodenständiges. Mit unserer momentanen Leichtigkeit kommen wir dann nicht an dem Imbiss in einer kleinen Seitenstraße vorbei und gönnen uns eine richtig gute Currywurst.

Nach solch einem Mahl sind wir so satt und faul, dass meine kleine Seele, entspannt wie in einer Hängematte, am Hosenschlag meiner Matrosenhose baumelt, während mir die Augen zufallen.

Summer in the City

Ihren Wälzer hatte sie ausgelesen,
Tränen rannen über ihr Gesicht.
Es gab kein Happy End –
genauso wie in ihrem Leben.
Wie von Geisterhand
verschwand die Liebe immer wieder.

Sie drehte das Radio lauter,
hörte *Summer in the City*.
Die Musik plätscherte fröhlich vor sich hin,
hüpfte auf ihren Fuß,
wippte mit ihm in der Sonne,
bis das Telefon klingelte.

Plötzlich wurde es still.

»Ich freu mich auf dich«,
flüsterte sie ins Telefon.
Seine Stimme allein genügte,
um die Hitze des Sommers
auch in ihrem Herzen zu entfachen.

Sie stellte das Radio wieder an.
Es schmetterte nun: *What a wonderful World*.

Ruhestand am Strand

Und nun liege ich hier, von weither angeschwemmt an diesen Strand. Hätte nicht gedacht, dass ich noch einmal das Licht der Sonne sehen würde.

Ach, was ist das herrlich, hier auf diesem weißen Sand! Und ganz ehrlich, wenn ich mich so ansehe, gespiegelt im Wasser, dann kann ich mit Recht behaupten: Auch auf meine alten Tage bin ich noch schön!

Bin froh, dass mich der kleine Junge, der eben an mir vorbeilief, nicht anfassen durfte. Möchte mich so gern noch ein bisschen sonnen. Sonnenbrand? Nein, davor muss ich keine Angst haben, schließlich bin ich nur eine alte Konservendose.

***

Die rostige Konservendose sinnierte über ihr Leben und genoss es, sich vom Wind streicheln und auf den Bauch drehen zu lassen. Sie war sehr alt und hatte viel gesehen und erlebt. Ihr ehemals runder Blechkörper zeigte Macken und Beulen, es gab nur noch winzige Flächen, an denen sie keinen Rost angesetzt hatte.

Wieder kam ein Kind angerannt, blieb vor ihr stehen und Konny, wie sich die Konservendose selbst nannte, überlegte, ob es wohl *das Kind* sein könnte. Dieses eine besondere Kind, bei dessen Menschwerdung Konny eine nicht unerhebliche Rolle gespielt hatte.

Ja damals, als Konny die Fabrik verlassen hatte, randvoll mit großen, grünen, sauren Dingern, die als Gurken bezeichnet wurden, stand sie nicht lange im Laden herum.

Sie landete auf einem Kreuzfahrtschiff und glänzte silbern in einem Regal in der vordersten Reihe. Jedoch nur so lange, bis eine Frau, ein hübsches, junges Ding mit einem glucksenden Lachen, die Konservendose mitnahm in ihre Kabine. Zu den unmöglichsten Tages- und nachtzeiten langte sie zu. Wie oft ging sie zu Konny, um sich an ihren eingelegten Gurken zu laben.

Ach, was hatte Konny diese Frau ins Herz geschlossen! Einmal weinte die Unbekannte, erzählte unter Tränen, dass sie schwanger sei und in sieben Monaten einen kleinen Menschen in die Welt entlassen würde. Ihre Tränen wollten überhaupt nicht mehr versiegen. Der Mann, dem sie diesen Zustand zu verdanken hatte, war nicht erfreut darüber. Er wollte das Kind nicht und dann auch die Frau nicht mehr.

Konny drehte sich wieder zur Sonne.

Ja, ja, so gesehen habe ich mit meinem Inhalt, sozusagen mit meinen inneren Werten, eine frühe Menschwerdung begleitet, dachte sie und blickte sehr zufrieden auf ihr Leben zurück.

Als die junge Frau mit mir fertig war, warf sie mich einfach über Bord. Sie konnte ja nicht ahnen, was ich für sie empfand.

Ein salziger Wassertropfen, perlte wie eine Träne

im Sonnenlicht, plötzlich auf einer von Konnys Rost-
beulen.

Als ich über Bord ging, glaubte ich schon, das sei mein
Ende. Aber dann kam es ganz anders. Die Unterwasser-
welt war voller Leben und beherbergte ein buntes Völk-
chen von Meeresbewohnern. Denen war es egal, wer
ich war, oder woher ich kam. Ich wurde neugierig be-
schnuppert, angestupst und auch angeknabbert. Eini-
gen Lebewesen diente ich sogar als Höhle.

Selbst auf dem Meeresboden konnte ich Beschützen
und Gutes tun.

Es war nur immer so furchtbar dunkel da unten, das
war das einzig Störende. Doch heute hat mich das Meer
wieder ausgespuckt und mich in meinen wohlverdienten
Ruhestand geschickt.

Tag des Kusses – 06. Juli

Erstes Date, am Tag des Kusses,
mit Rosarot durchwabertem Gefühl.

Mein Verehrer ist rührend, er betet mich an.
Er hat sich gut gekleidet,
die Haare in Form gebracht.
Mit gesenktem Kopf steht er vor mir.
Leicht errötet im Gesicht.

Er sieht mich so, wie er mich sehen will.
Blond, schlank, in wehendem Sommerkleid.
Im Internet hat er mich entdeckt.
Wir haben gemailt, gesimst, telefoniert.
Fotos ausgetauscht.
Ich bin seine Traumfrau!

Hinter seinem Rücken
verbirgt er einen Blumenstrauß.
Ob er ihn mir schenken wird,
wenn ich mich umdrehe?
Ihm meine andere Seite zeige?
Meine Narben am Körper und an meiner Seele?

Geburtstagsküsschen

Mit einem kleinen Seufzer erkannte Lissy, dass die Zeit der schmatzenden Küsse endgültig vorüber war. Da stand sie nun vor ihr, ihre große Tochter, überreichte ihr Blumen und schenkte hingehauchte Küsschen rechts und links.

»Herzlichen Glückwunsch zu deinem 50. Geburtstag, liebe Mama.« Eine flüchtige Umarmung begleitete ihre Worte.

»Und wo bleiben die Geburtstagsküsschen?« Amüsiert schaute Lissy ihre *Kleine* an. Sie wartete auf die bekannte Reaktion, die auch nicht lange auf sich warten ließ.

»Mama!!! Du bist immer noch soo peinlich! Aus dem Alter sind wir doch wohl raus? Und fang jetzt nicht wieder mit den alten Geschichten an, als ich dir angeblich für jedes Lebensjahr einen Schmatzer aufgedrückt habe.« Lena verdrehte die Augen und ließ sich an der Kaffeetafel nieder.

»Nein, nein, meine Liebe, keine Angst. Auch mit fünfzig bin ich noch lernfähig und deshalb verkneife ich mir heute die lustigen Kinderknutschgeschichten.«

Leises Bedauern klang in Lissys Worten mit. Sie hatte es all die Jahre genossen, dass ihr Mädchen so verschmust war. Töchterchen hatte lange mit ihr gekuschelt, ungefähr bis zum elften Lebensjahr. Ab diesem Zeitpunkt aber, endete die Kuschelzeit schlagartig und eine Berührungsabstinenz setzte ein. Bloß nicht anfassen, oder gar küssen, und schon gar nicht vor anderen.

***

Den ganzen Tag über begleiteten Lissy diese Gedanken. Der Song *It startet with a kiss*, von der Gruppe *Hot Chocolate*, kam ihr in den Sinn und dann auch der frechere Song von *Prince* mit dem einprägsamen Titel *Kiss*.

Mit diesem Song und mit einem Kuss hatte es angefangen. Damals, als sie Lenas Vater vor gut zwanzig Jahren kennenlernte. Er konnte so phantastisch küssen. Es waren so zärtliche Küsse, die nach mehr schmeckten. Noch immer erinnerte Lissy sich mit einem Lächeln an diese Zeit.

»Schluss jetzt mit der Gefühlsduselei!«, schimpfte Lissy mit sich selbst, als ihre Gäste aufbrachen. Wieder gab es Küsschen rechts und Küsschen links. Nett war das, aber mehr auch nicht.

***

Als sie wieder allein war, schlüpfte sie aus ihrem *netten* Geburtstagsoutfit, streifte die Mutterrolle gleichzeitig mit ab und machte sich zurecht für das *mehr*. Für Küsse, die weder nett noch artig sein würden.

Erst vor Kurzem hatte sie die Erotik des Kusses und die Freuden der Liebe wiederentdeckt. Noch immer fühlte sie sich wie Dornröschen, das aus einem unendlichen Schlaf wachgeküsst worden war. Von da an wurde sie zur Königin der Nacht, die unter seinen Berührungen und Liebkosungen aufblühte.

***

Summend öffnete Lissy die Tür. Unter ihrem Kleid trug sie sündhaft sinnliche Dessous, dazu halterlose Strümpfe mit einem breiten Spitzenrand. Die *Halterlosen* ließen sie im wahrsten Sinne des Wortes haltlos werden. Mehrfach hatte sie es inzwischen erprobt.

Bei diesem Mann pfiff sie auf ihr Alter und ihre gute Erziehung. Seine Augen liebkosten Lissy, und sein Blick ließ sie nicht mehr los.

Er kam ihr ganz nahe, sie konnte seinen Atem an ihrer Wange spüren. In freudiger Erwartung eines Kusses schloss Lissy die Augen, als er *Herzlichen Glückwunsch zum Geburtstag, meine Königin,* sagte

Seine Bartstoppeln kitzelten, als sein Mund ihre Haut berührte. Mit dem Zeigefinger fuhr er die Konturen ihrer Lippen nach, schob ihn ihr in den Mund, als kleinen Appetizer sozusagen. Lissy umspielte seine Fingerkuppe mit der Zunge, saugte daran und genoss die Hitze unterhalb ihres Nabels, als die andere Hand über ihren Rücken in Richtung Po wanderte und ertastete, was sie unter dem Kleid trug.

Lissy spürte ihr Herz bis zum Hals klopfen, vielleicht war es aber auch der Tanz der Schmetterlinge in ihrem Bauch. Seine Hand krabbelte unter den dünnen Stoff und ihr Schoß verriet Sehnsucht und Vorfreude.

Endlos lang kam ihr der Moment vor, bis sie seinen Mund auf ihrem fühlte. Seine Zunge leckte über ihre

Lippen, bevor sie sich sanft dazwischen schob, in der feuchtwarmen Höhle verschwand, sie erforschte und Lissys Zunge zum Geburtstagstango aufforderte.

Die Zwei versanken im Kuss, einer atmete die Luft des anderen. Ihre Zungen spielten miteinander, mal zärtlich liebkosend, dann aber auch frech und fordernd.

Dieser Geburtstagskuss beschränkte sich nicht nur auf Lissys Mund. Es folgten ihm noch unendlich viele Küsse in dieser Nacht, welche die Zahl ihres Lebensalters bei weitem übertrafen.

Der Scheidungshund

Meine Freundin Pia hat einen Scheidungshund. Klein, knuffig, schnell und man könnte sagen, von Anfang an total verzogen. Er, besser gesagt sie, heißt Madonna, kurz Donna genannt.

Der Hund kam ins Haus, als das Kind größer wurde und einen Spielgefährten brauchte. Donna entwickelte sich schnell zu einem vollwertigen Familienmitglied. Sie wurde von allen geliebt und verwöhnt.

Das Kind wurde erwachsen. Es zog aus und wenig später auch Pias Gatte. Erwachsen war der allerdings schon, der Gatte. Er zog einfach nur aus. Seit Monaten schon hatte er mit der Trennung geliebäugelt und auch mit seiner jungen Kollegin. Man ging ohne Streit, im Guten, auseinander und man wollte *Freunde bleiben*. Einziger Streitpunkt war der Hund.

Wo sollte das arme Tier jetzt bleiben? Was konnte und durfte man Donna zumuten? Wen würde sie mehr vermissen? Das Herrchen oder das Frauchen?

Der Aufenthaltsort soll dem Wohle des Hundes dienen! – Also wurde eine einvernehmliche Regelung gefunden.

Unter der Woche lebt Donna nun bei Pias Ex-Mann, samt neuem Frauchen. Für die Wochenenden gibt es eine sogenannte *Drei-Eins-Regelung*. Der Hund lebt also an drei Wochenenden im Monat bei meiner Freundin. Sie bezeichnet das mit einem spitzen Unterton als *Mama-Wochenenden* und *Papa-Wochenenden*. Darüber hinaus gilt zweimal im Jahr eine Urlaubsregelung, die schlimmstenfalls einen Zeitraum bis zu drei Wochen am Stück umfassen kann.

***

Seit dieser Vereinbarung, schlägt Frauchens Hundeliebe mit jedem Wochenende ein wenig mehr in das Gegenteil um. Meine Freundin spricht sogar von aggressiven Impulsen und bitterbösen, schwarzen Gedanken, die sie immer öfter an sich wahrnimmt. Aber noch nicht einmal mir gegenüber mag sie die aussprechen. Pia ist nur noch genervt. Sie fühlt sich mit der Sitauation restlos überfordert.

»Ich habe sogar schon mal daran gedacht, ob ich Donna nicht vielleicht an einer Autobahnraststätte vergessen könnte«, vertraute sie mir neulich an. Das war wohl noch eine der harmloseren düsteren Phantasien, die nicht von ihr ablassen wollten.

Ich will endlich wieder Frau sein können, jetzt, wo ich wieder frei und ungebunden bin! Ich hasse dieses blöde Frauchengetue aus tiefster Seele!, schimpfte sie immer, wenn ich sie traf.

***

Laut Statistik ist es für Frauen über fünfzig mit Scheidungshund wahrscheinlicher, vom Blitz als von der Liebe getroffen zu werden.

Seit Pia diesen Artikel in einem Magazin beim Friseur gelesen hat, lebt sie nach dem Motto: *Ran an den Mann.*

Dummerweise akzeptiert Donna ihre Liebeslust nicht und zeigt dafür überhaupt kein Verständnis. Der kleine Hund verhält sich extrem eifersüchtig. Die Gassigänge in der Dämmerung, die Pia früher so sehr liebte, weil sie auf diesen Runden immer nette Bekanntschaften machte, sind jetzt nur noch eine Strapaze für sie.

Donna ist ihr viel zu schnell und zu lebhaft, zerrt ständig an der Leine und gibt einer Unterhaltung mit Femden keine Chance.

Flirtpotential ausgeschlossen!

Vielleicht sollte ich mal einen Hundepsychiater hinzuziehen? Oder selbst zum Psychiater gehen, bevor noch ein Unglück geschieht?, vertraute Pia mir an. Ihre kleinen bösen Gedanken wachsen wie Unkraut, mit jedem Hundegang mehr.

Herrenbesuch wird von Donna nicht geduldet. Sie kläfft in einer ohrenbetäubenden Lautstärke, sobald es klingelt und hört so schnell nicht wieder auf.

Ausdauernd hechelnd setzt sie sich vor den Mann und entwickelt sich zu einem unglaublichen Stimmungskiller.

Es kann aber auch passieren, dass sie sich auf den Schoß des Erwählten setzt, oder sich auf seine empfindlichste Stelle legt und dem Verehrer mit treuem Blick und rosaroter Zunge durchs Gesicht leckt, sobald er versucht, Pia näher zu kommen.

Auch von Leckerlis lässt Donna sich kein bisschen beeindrucken. Wenn der Eindringling sie mit so etwas zu bestechen versucht, fängt sie an, bis zum Erbrechen zu würgen.

Wegsperren funktioniert auch nicht. Das hatte Pia einmal versucht, mit dem Erfolg, dass Donna ihr Geschäft hemmungslos mitten im Raum verrichtete.

Donna gebärdet sich wie eine pingelige, alte Anstandsdame!

Pias nächster Urlaub steht vor der Tür. Ich bin mir wirklich nicht sicher, ob meine Freundin ihren Scheidungshund aus den Ferien wieder mit nach Hause bringt.

Unterm Pflaumenbaum

Im Grün des Sommers und in der Hetze des Alltags war es gar nicht aufgefallen, dass Norbert sich aus dem Staub gemacht, sich sozusagen in die Büsche geschlagen hatte.

Niemand vermisste den alten Eigenbrötler, der allein in seinem Häuschen am Ortsrand lebte, gern ein Glas über den Durst trank und auf Nachbarschaftsklüngel keine Lust hatte. Unwirsch wies er jeden ab, der an seiner Haustür klingelte.

Erst als es Herbst wurde und Mathilde wie in jedem Jahr auf die Pflaumen aus seinem Garten wartete, fiel ihr auf, dass sie schon lange nichts mehr von ihm gehört hatte.

Mehrmals rief sie bei ihm an, doch er nahm das Telefon nicht ab. Entschlossen machte sie sich auf den Weg zu ihm, schließlich wollte sie an diesem Wochenende einen Zwetschgenkuchen backen. Und sein Baum trug nun mal die dicksten und saftigsten Früchte.

Sie klingelte, klopfte und hämmerte mit den Fäusten gegen die Tür, doch es tat sich nichts. Zum Glück wusste Mathilde genau, wo er den Ersatzschlüssel versteckt hatte. Für den Fall, dass er seinen Hausschlüssel nach durchzechter Nacht nicht finden konnte, hatte er sich ein Geheimversteck ausgedacht. In solch eine missliche Situation geriet Norbert mindestens einmal im Quartal.

»Norbert! Verdammt nochmal, wo steckst du denn?«, rief Mathilde verärgert. Sie wartete längst auf die Pflaumen, doch ihr Ex-Mann, so nannte sie ihn, obwohl sie immer noch nicht geschieden waren, hatte sie anscheinend vergessen.

Sie öffnete die Tür und sofort setzten heftige Niesattacken bei ihr ein. Staub und Mief heißer Sommertage schlug ihr entgegen, vermischt mit den Ausdünstungen von leeren Flaschen, die überall herumlagen. Ihre Rufe wurden immer lauter und ihre Stimmung immer ärgerlicher. Doch nichts rührte sich, es kam keine Antwort.

Gut, dachte sie, *dann schaue ich selber nach den Pflaumen und pflücke mir das, was ich brauche.* Mathilde stieß die Küchentür auf und stieg die drei Stufen in den Garten hinab. Sie wunderte sich ein wenig, weil das Unkraut wie wild wucherte und der normalerweise so gepflegte Rasen sich in ein Naturbiotop verwandelte. Man konnte Norbert nachsagen, was man wollte, den Garten hielt er trotz allem, gut in Schuss.

Wie angewurzelt blieb Mathilde stehen, als sie zu seinem Lieblingsplatz hinübersah. Eine Wolke aus dicken schwarzen Brummern und fetten Schmeißfliegen schwirrte umher und es stank bestialisch, je näher sie kam.

Du immer mit deiner selbst gebrauten Biogülle! Angewidert schüttelte sie den Kopf, zog ihr Halstuch über Mund und Nase und setzte vorsichtig einen Fuß nach dem anderen in das Biotop, um nicht versehentlich in etwas Ekeliges zu treten.

Mitten in der Bewegung hielt sie inne. Ihr Schrei gellte durch den Garten und scheuchte nicht nur die Vögel auf.

Der Tisch, an dem Norbert immer gern saß, wenn er ein Päuschen einlegte, lag umgekippt im Gras. Aus seiner Kaffeetasse und auf dem Kuchenteller wucherten Schimmelpilze, die ins Guinnessbuch der Rekorde gehörten. Und halb unter dem Tisch verborgen, ruhte Norbert. Mit einer Kuchengabel in der Brust.

»Oh mein Gott! Der ist doch nun wirklich kein Sahneschnittchen!«, entfuhr es Mathilde und im selben Moment schämte sie sich für diesen pietätlosen Gedanken.

Sie schloss für einen Moment die Augen. Das konnte doch wohl nicht wahr sein! Aber als sie die Augen wieder öffnete, lag ihr Ex noch immer an derselben Stelle.

Mathilde lief in die Stube zurück und rief die Polizei. Ein Arzt konnte ja sowieso nichts mehr für ihn tun.

Wie konnte er nur so dämlich mit der Gabel ausgerutscht sein, fragte sie sich immer wieder. *Oder ..., hat da etwa jemand nachgeholfen?* Dieser Jemand hatte wirklich ganze Arbeit geleistet. Aber wer sollte denn so etwas tun?

***

Zu Norberts Beerdigung backte Mathilde für die wenigen Trauergäste, die ihn auf seinem letzten Weg begleiteten, einen saftigen Pflaumenkuchen. Mit Pflaumen-schnaps gedachten die Trauernden dem Verblichenen und es wurde nur Gutes über ihn gesprochen.

Das Scheidungsverfahren konnte eingestellt werden und das hübsche Häuschen mit dem prächtigen Pflaumen-baum gehörte jetzt ganz allein Mathilde. Sie teilte es sich mit dem jungen Gärtner, der ihren Garten in eine Oase der Entspannung verwandelte und der auch Mathilde zum Erblühen brachte.

Blümchensex

Bei seinen Abendrunden hatte er sie entdeckt. Seitdem beobachte er sie. Sie war sehr jung, aber schon jetzt eine anmutige Schönheit. Für ihn war sie genau richtig. Sie war im besten Alter, um ihn kennenzulernen.

Er hielt sich ständig in ihrer Nähe auf, umtänzelte sie, schaute tagtäglich zu, wie ihre pralle rosarote Knospe wuchs, kräftiger wurde und sich ihm erwartungsvoll entgegenreckte.

***

Sie vibrierte innerlich, wenn er sie umschmeichelte, wenn er sie mit seinem Flügelschlag liebkoste und sie wie zufällig berührte.

Sollte sie sich ihm schon öffnen? Ihm ihr Innerstes präsentieren? Ach nein, sie würde ihn noch ein wenig zappeln lassen. Sie wollte heiße Sonnenküsse genießen, sich vom Wind streicheln und zerzausen lassen, und den Regen, den Tau auf ihrer nackten Blütenhaut wie kostbare Perlen tanzen lassen.

Nachts im Mondschein träumte sie von ihm und bewahrte sich ihren süßen Duft noch ein wenig auf. Sie wünschte sich nichts sehnlicher, als sich für ihn zu öffnen und ihn zu empfangen.

***

Den Admiral erregte es ungemein, wenn er sie beobachtete und zuschauen konnte, wie sie vor Sinnlichkeit und Sinneslust unter den Sonnen-küssen, dem Windspiel und dem Tröpfchentanz erbebte. Immer öfter umtänzelte er die Schöne und versuchte, ihren frischen, unnachahmlichen Duft einzufangen.

Heute ist mein Tag!
Der Admiral hatte sich auf den ersehnten Augenblick vorbereitet und sich besonders schön herausgeputzt. Ihn umgab eine besondere Aura aus Leichtigkeit und zärtlicher Dominanz.

Er schwebte, flatterte, tänzelte um ihren Kelch herum. Dem Tanz gehörte seine zweitgrößte Leidenschaft. An erster Stelle stand der Flirt mit all den Schönheiten, die ihm begegneten. Sein leichtes, flatterhaftes Leben würde er um nichts in der Welt tauschen wollen.

Mit Bedacht näherte er sich seiner Angebeteten. In gebührendem Abstand umkreiste er sie, zog die Kurven mit jeder Runde ein wenig enger.

Sie errötete, lächelte, zwinkerte, neigte sich ihm entgegen und verströmte ihren lieblichen Duft.

Der Admiral beherrschte das Spiel. Er streichelte ihre glatten Rundungen, ließ seine Fühler über sie gleiten. Mit kühnem Schwung landete er ganz oben auf ihren zarten Rändern, von wo aus er einen phantastischen Blick in ihre Tiefen genoss. Er kitzelte sie innen an ihrer samtenen Haut, wisperte Schmetterlingsworte, die den

Akt der Bestäubung blumig beschrieben, bevor er seinen Rüssel zu voller Größe ausrollte und in ihren Kelch versenkte.

Er befühlte sie vorsichtig, sog ihre Süße ein, schleckte all ihre Honigtröpfchen. Wie berauscht war er von ihr, fühlte sich wie im Himmel. Ganz langsam drang er zu ihren tiefsten Tiefen vor und gemeinsam schaukelten sie in einem Rhythmus, der wilder und wilder wurde. So schwebten sie, miteinander vereint, zwischen Himmel und Erde.

Der Admiral kostete ein letztes Mal von der Schönen, bevor er abschwirrte. Mit seinem Flügel winkte er ihr zu und rief: »Ich komme wieder, meine Süße. Das war Blümchensex, so wie ich ihn liebe.«

Ein Koffer voller Angst

*E*rwartungsvoll lachte mein Reisekoffer mich an. Geöffnet stand er, wie mit offenem Maul, vor mir. Er sah aus, als wolle er gefüttert werden.

Ja, er hatte mich schon oft begleitet. Er war nicht der Schönste, nicht mehr ganz jung und er klagte manchmal über die ein oder andere Macke. Er passt zu mir, ich habe ihn mittlerweile richtig lieb gewonnen.

Als er mich fragend anschaute, klärte ich ihn erstmal auf, wohin die Reise diesmal gehen soll. Nach Griechenland, Kreta. Eine Malreise. Und schon legte ich meinen Aquarellkasten, zwei Blöcke, Pinsel und Stifte in seine untere Hälfte. Darauf packte ich sommerliche, luftige Kleidung. Sonnenhut und Sonnencreme durften natürlich auch nicht fehlen, ebensowenig der Fotoapparat und vernünftige Laufschuhe. Schließlich wollten wir auf Kreta auch wandern. Zum Schluss noch Urlaubslektüre und der notwendige Kleinkram, wie Lippenstift, Schmuck, Tücher und alles was eine Frau so braucht.

Nachdem ich alles eingepackt hatte, fing mein Koffer an zu meckern. Er klagte über ein fieses Völlegefühl, das ihm gar nicht behagte. Er protestierte und wollte sich partout nicht schließen lassen. Also musste ich so viele Sachen wieder auspacken, bis er zufrieden grinste und sich schließen ließ. Er gewann dieses Spiel immer wieder und erzog mich auf diese Art und Weise dazu, meine Urlaubssachen auf das Wesentliche zu reduzieren.

Einmal ist es uns am Flughafen tatsächlich passiert, die Waage bei ihm Übergewicht anzeigte. Das hat er mir sehr übel genommen. Er empfand es als diskriminierend, dass er, oder besser gesagt ich, wegen zwei Kilo zu viel, einen Aufpreis zahlen sollten. Schließlich würden die Passagiere beim Einchecken auch nicht gewogen, meinte er, und die hatten teilweise sehr viel mehr Übergewicht und mussten nichts zuzahlen.

Eigentlich ist mein guter alter Koffer ausgesprochen reisefreudig. Nur Fliegen, das mag er gar nicht. In einem unserer Urlaube hatten er und vor allem ich ein schreckliches, ein fast schon traumatisches Erlebnis. Mein Koffer war abhandengekommen und stand mutterseelenallein in einem fremden Land. Tagelang musste er in der Ecke stehen und wurde immer wieder unsanft hin- und hergeschubst.

Seit diesem Vorfall muss ich ihm gut zureden, ihn streicheln, ihm ein leuchtendes Schleifchen umbinden und ihm am Flughafen solange nachwinken, bis er nicht mehr zu sehen ist.

Und dann, nach jedem Flug, meckert er und beschwert sich bei mir. Er meint, er wurde zu grob angefasst, durch die Luft geworfen, was ihm jedes Mal Übelkeit verursacht, oder sogar getreten. Unter Ächzen und Stöhnen präsentiert er mir dann seine Macken und blauen Flecken und ich muss ihn ein bisschen pflegen und wieder aufpäppeln.

Im düsteren Bauch eines Flugzeugs bekommt er panische Angst. Er fürchtet sich vor der Dunkelheit. Es ist ihm alles zu eng und er schimpft, dass es keine Klimaanlage im Kofferraum gibt, ganz zu schweigen von Schwimmwesten für den Notfall.

***

Beim Packen habe ich bereits versucht, ihn zu trösten und ihm hoch und heilig versprochen, dass dies sein letzter Flug wäre, obwohl er immer noch sehr flott ist auf seinen Rollen. Ich habe ihm sogar einen neuen, neonfarbenen Gurt geschenkt.

Die Schlange vor dem Counter wird schnell kürzer und nun stehen wir ganz vorne am Schalter. Die Waage zeigt sein Idealgewicht! Er hat sogar ein wenig abgenommen, seit seinem letzten Flug.

Das Band setzt sich ruckelnd in Bewegung, mein Koffer legt sich flach, ich winke, wünsche ihm eine gute Reise und schon ist er aus meinem Blickfeld verschwunden.

Als ich mich im Flieger anschnalle, bin ich zuversichtlich, dass mein Koffer mit mir zusammen an Bord ist. Erwartungsvoll lehne ich mich zurück. Das Flugzeug geht in Position, es rollt, es beschleunigt. Immer mehr und immer schneller. Ich werde in den Sitz gepreßt, spüre die Lehne im Rücken und genieße den Moment, wenn sich die Räder vom Boden lösen und wir abheben. In meinem Bauch kribbelt es und ich denke an meinen Liebsten, der mich schon erwartet und mit dem ich auf andere Weise zusammen abheben werde.

Unser Flug verläuft ruhig und das himmlische Blau über den Wolken ist die reinste Inspiration. Blaue Stunde, denke ich und kritzle Worte und Linien auf eine Serviette. In meinem Kopf entstehen Bilder, die ich in den nächsen Tagen malen will. Wie gut, dass ich meine Aquarellsachen eingepackt habe – vorausgesetzt mein treuer, alter Koffer kommt zusammen mit mir an.

Die Zeit vergeht wie im Flug. Die Landung gelingt ebenso perfekt wie der Start, die Urlauber applaudieren. Mit der Menschenmasse werde ich zum Rollband geschoben und warte auf meinen Koffer. Nach ein paar Minuten setzt sich das Band in Bewegung.

Da sehe ich ihn auch schon und atme erleichtert auf. Er hat es bei diesem Flug tatsächlich geschafft, als Erster draußen zu sein. Vielleicht liegt das an seinem neonfarbenen Schleifchen, das er so gern trägt.

Ich schnappe zu, greife ihn fast zärtlich und hieve ihn schwungvoll vom Band. Sein Griff schmiegt sich in meine Hand, er hängt sich an meine Hacken und folgt mir, wie ein Hündchen.

Alles ist gut, flüstere ich ihm zu, halte ihn ordentlich fest und fröhlich trotten wir beide in Richtung Sonne, Freiheit und Abenteuer.

Gartenlust und Killerkarpfen

Ohne eine Miene zu verziehen, hörte er zu und gab keine Widerworte mehr. Sein wissendes, wohlwollendes Lächeln tat ihr so gut. Er schien sie zu ermutigen, mit seinem stummen Blick. Bequem hockte er an einem Baumstumpf, in der einen Hand ein vierblättriges Kleeblatt, in der anderen ein geöffnetes Buch.

»Ach Ruhegern, ist es nicht ein herrlicher Tag! Goldener Herbst – goldenes Leben!«

Paula schlug ihren Schmöker auf. Einen leicht antiquierten Krimi ihrer Lieblingsautorin Agatha Christie. Schweigend saßen sie nebeneinander. Nur das Gluckern des Gartenteichs war zu hören, das leise Summen der Insekten und in der Ferne leises Glockenläuten.

Paula liebte diese friedliche Stille. Sie beobachtete einen Käfer, der sich auf Willi, so hieß Ruhegern mit richtigem Namen, niederließ und über die rote Mütze auf seinen Mund zu krabbelte. Willi wehrte sich nicht und nahm es geduldig hin. Wie immer, seit er dem Burnout entkommen war. Paula verscheuchte den Käfer und auch eine neugierige Libelle, die ihn mit ihren schillernden Flügeln um-kreiste wie ein Hubschrauber.

Leise plauderte Paula mit Willi. Sie erzählte ihm, was sie heute noch alles erledigen wollte: Den Buchsbaum stutzen und die Blumenzwiebeln fürs nächste Jahr setzen. Sie hatte Äpfel gepflückt und mit Hilfe ihrer genialen, supermodernen Küchenmaschine, die Willi ihr vor einem guten halben Jahr geschenkt hatte, wollte sie ein köstliches Apfelmus bereiten. Mitten in ihre Zwiesprache klingelte das Telefon.

Lena war am Apparat und wollte sich mit Paula verabreden.

»Am Freitag? Gern Lena, komm doch zum Kaffee vorbei, ich backe einen Apfelkuchen. Ja, lass uns gemeinsam darauf anstoßen. Es sind am Freitag genau vier Monate.«

Wie immer, wenn Paula angespannt war, zupfte sie an ihrer linken Augenbraue, die einen reizvollen Kontrast zu ihrem grünen Auge bildete. Ihr anderes Auge hingegen war braun. Dieses ungleiche Augenpaar hatte Willi bei ihrem Kennenlernen vor achtundzwanzig Jahren, neben ihrer Leidenschaft für schöne Gärten und ihren exzellenten Kochkünsten so sehr fasziniert, dass er sie sofort heiraten wollte.

Paula erhob sich, blickte auf den Gartenteich, zupfte den Wildwuchs zurück und zuckte zusammen, als sie ihr Spiegelbild auf der Wasseroberfläche sah. Eine Frau, von Kopf bis Fuß in Schwarz gekleidet, blickte ihr mit ernstem Gesichtsausdruck entgegen. Sie trug eine bequeme Bollerhose, einen eng anliegenden Rolli und einen akkurat geschnittenen grauen Pagenkopf.

Erst vor Kurzem hatte Paula sich ihre langen Haare abschneiden lassen und sich diese klassische Frisur zugelegt, die man neuerdings als *Bob* bezeichnete. Doch von eingedeutschten Namen, oder neumodischen Ausdrücken wollte Paula nichts wissen. In diesen Dingen war sie ein wenig altmodisch.

Der einzige Farbtupfer an der schlanken Erscheinung war die auffällige rote Fassung ihrer Brille. Sie hatte sich selbst noch nicht so richtig an ihren neuen Look gewöhnt, aber der gehörte seit ein paar Wochen zu ihrem Style als trauernde Witwe. Es war ein neuer Lebensabschnitt, den sie auch nach außen hin zeigen wollte. Ihr Gartenzwerg war darin ihr einziger Gefährte.

Nach Willis Ableben hatte Paula ihren Job gekündigt und sich als erste größere Anschaffung einen hochmodernen Brennofen für ihre Töpferarbeiten gekauft. Hinten im Garten, von den Sonnenblumen verborgen, hatte sie einen guten Platz für den Ofen gefunden. Sie wollte nur noch das tun, wozu sie Lust hatte, sie wollte ihre kreative Ader ausleben. Nach und nach wagte sie sich an immer größere Keramikobjekte und *Ruhegern* war der erste Gartenzwerg, den sie geschaffen hatte. Sie liebte ihn beinahe so, wie sie ihren Willi geliebt hatte.

»Bleib ruhig draußen, mein Schatz. Ich sehe, du fühlst dich hier sauwohl. Und du weißt ja, ich habe dich gern in meiner Nähe.« Fröhlich hauchte sie dem Zwerg einen angedeuteten Kuss auf die Nase und plauderte leise mit ihm. Sie erzählte, dass Lena am Freitag zu Besuch kommen würde.

»Dann können wir endlich einen flotten Dreier machen, nicht wahr mein Schatz? Das hast du dir doch immer gewünscht.«

Ein unergründliches Lächeln spielte bei diesen Worten um ihre Lippen. Dieser Wunsch von Willi war es gewesen, den Paula ihm übelgenommen hatte. Mit seinen

Seitensprüngen hatte sie sich längst arrangiert, die waren kein Grund zur Besorgnis. Kritisch wurde es erst, als Paula das Gefühl nicht loswurde, mit der neuen Flamme könnte es mehr sein als eine Affäre.

Als Willi vor zwei Jahren überraschend mit sündhaft teuren Koi-Karpfen für den Gartenteich nach Hause kam und den drei Fischen Namen gab, läuteten bei Paula die Alarmglocken. Die Karpfen waren in der Tat schön anzusehen. Es waren zwei Weibchen und ein Männchen, die sich nun im Teich vergnügten.

Das schwarzrote Männchen taufte er Willi, es entpuppte sich als ein feuriger und gefräßiger Fisch. Das rotweiße Weibchen mit dem niedlichen schwarzen Punkt auf der Schwanzflosse nannte er zärtlich Milena. Und dem anderen schwarzweißen Weibchen gab er den Namen Pauline.

Täglich vor und nach der Arbeit ging Willi zu dem Teich, füttere die Kois und unterhielt sich mit ihnen. Paula leistete ihm bei der Fütterung hin und wieder Gesellschaft. Sie saßen zusammen auf der Bank, blickten versonnen auf den Weiher und Paula betrachtete die Fische unter dem Aspekt eines weiteren Schritts in die richtige Richtung.

Seit Jahren träumte sie von einer mehrseitigen Reportage über ihren Garten, in einer dieser schicken Gartenzeitschriften. Zu dumm nur, dass die Idylle durch eine unbedachte Äußerung von ihrem Liebsten zerstört wurde.

Gemeinsam saß das Ehepaar am Teich, als Willi mit verklärtem Blick davon zu erzählen anfing, wie schön und aufregend das Leben mit zwei Frauen sein könnte.

Bei dieser Gelegenheit brachte er auch den flotten Dreier zur Sprache. Er träumte schon lange davon, das war sein sehnlichster Wunsch.

Paula hörte ihm aufmerksam zu und Willi malte ihr den Dreier in den buntesten Farben aus. Er hörte sich nun mal gern reden. Wenn er richtig in Fahrt kam, redete er auch gern mal etwas zu viel. So auch an jenem Abend. Er brachte die Namen Milena und Lena durcheinander und auf Paulas unerbittliche Nachfragen gestand er, dass es eine Lena in seinem Leben gab. Vorzugsweise wohl eher in seinem Bett.

»Lena hätte nichts gegen einen Dreier, ich hab sie schon gefragt. Ihr müsst euch unbedingt kennenlernen und euch schon mal etwas beschnuppern«, regte er an. Paula merkte, dass er es wirklich ernst meinte.

***

Paula spürte ein Kribbeln im ganzen Körper, sie konnte es kaum erwarten das Weibsstück, das ihrem Mann das Bett gewärmt hatte, persönlich kennenzulernen. Sie fragte sich insgeheim, was ihr Willi an der anderen fand.

Auf seiner Beerdigung begegneten sich die beiden Frauen zum ersten Mal. Kritisch beäugte die eine die andere während des Zusammentreffens. Bei der Trauerfeier legte Lena eine rote Rose auf sein Grab und drückte Paula unter Tränen ihr Beileid aus.

Die Kaffeetafel auf der Terrasse hatte Paula mit leuchtenden Blüten aus ihrem Garten dekoriert. Alles war vorbereitet, als es klingelte.

»Herzlich willkommen Lena. Ich bin so neugierig auf die Frau, von der unser Willi mir in den höchsten Tönen vorgeschwärmt hat.«

Lena wirkte irritiert, fing sich aber schnell wieder und drückte der Gastgeberin eine Flasche Champagner in die Hand.

»Für dich Paula! Statt Blumen, davon hast du hier ja mehr als genug. Lass uns mit dem edlen Tropfen gemeinsam anstoßen. Der Champagner ist noch von Willi.« Sie seufzte tief und ein Schatten huschte über ihr Gesicht. »Leider sind wir nicht mehr dazu gekommen …! Schrecklich, sein plötzlicher Herztod.« Sie wischte sich eine Träne aus dem Auge, blinzelte und sah sich im Garten um.

»Ach ja, ich kann es auch immer noch nicht fassen, dass Willi einfach so gegangen ist. Wir hatten doch noch so viel zusammen vor.« Paula schnäuzte verlegen in ihr Taschentuch und beobachtete Lena, die sich mit ihren roten Krallen dem Flaschenhals näherte, mit sicherem Griff den Korken knallen ließ und die Gläser füllte.

Lena war vom Typ her völlig anders als Paula. Sie war klein und mollig und betonte mit ihrer Kleidung jede Rundung. Üppige, rote Locken, die sie mit einem schmalen Haarreif zu bändigen versuchte, umrahmten ihr weißes Gesicht. Lebendige Augen blitzten darin und sahen momentan so aus, als würden sie den Wert von Haus und Garten abschätzen.

»Ich würde mir so gerne einmal den Garten anschauen und vor allem euren Teich. Zeigst du ihn mir? Willi hat ja so oft von den Fischen erzählt, von seinen Kois, die ihm so viel wert sind. Ähm …, die ihm so viel wert waren.«

Mit den Gläsern und der Flasche in der Hand führte Paula ihren Gast durch den Garten. Voller Stolz zeigte sie ihren Brennofen und machte Lena neugierig auf ihren ersten von Hand getöpferten Gartenzwerg.

»Hier, das ist er. Das ist Ruhegern! Ist er nicht ein Schatz? Und schau dir mal seinen gelassenen Gesichtsausdruck an!« Gedankenverloren zupfte Paula an ihrer Augenbraue.

Willis Frauen ließen sich auf der Gartenbank nieder, schoben sich die Kissen zurecht und prosteten Ruhegern zu. Freundlich blickte der Zwerg zu den beiden ungleichen Frauen hinüber. Lena stand auf, ging auf ihn zu und wollte mit ihm anstoßen.

»Hihi, du kleiner Zwerg. Bist auch bestimmt mal ein knackiger Kerl gewesen. Auf die Liebe und die Triebe!«, flötete sie und streckte die Hand nach ihm aus.

Sie wollte ihn doch nicht etwa streicheln? »Nein Lena, nicht anfassen! Ruhegern mag das ganz und gar nicht!«

»Hä? Das verstehe ich nicht. Ist doch bloß ein blöder, alberner Gartenzwerg. Hast du es eigentlich nie gemerkt, dass Willi Gartenzwerge überhaupt nicht ausstehen konnte?« Beleidigt trat Lena einen Schritt zur Seite, streifte mit dem Absatz den Zwerg und stieß Paulas Liebling versehentlich um.

Entsetzt sprang Paula auf. Der Zipfel seiner Mütze hatte sich gelöst und kullerte in den Klee.

»Was ist das denn? Das ist ja witzig! Ein Zwerg mit Geheimversteck? Paula, Paula, was soll ich denn davon halten? In dir steckt ja viel mehr, als unser Willi immer behauptet hat.«

Lenas Neugier erwachte. Sie wollte unbedingt wissen, ob sich in dem Zwerg etwas verbarg. Und wenn ja, natürlich auch, was es denn wäre. Paula wehrte jede Frage geschickt ab und lenkte die Aufmerksamkeit auf den Teich, in dem Lena nun nach den Fischen Ausschau hielt.

»Das sind also Willis Lieblinge? Ich kann im Moment nur Zwei sehen. Wo hat sich denn der Dritte versteckt?« Sie beugte sich gefährlich weit über den Teich. »Wenn ich mich recht entsinne, hat Willi ihnen doch Namen gegeben? Stimmt doch, oder?« Mit der Hand fuhr sie sich durch die rote Mähne. Bei jeder Bewegung fielen ihr die Locken wild ins Gesicht.

Paula setzte eine betrübte Miene auf und übte sich zum wiederholten Mal in der Rolle der trauernden Witwe. Problemlos gelang es ihr, ein paar Tränen über die Wangen kullern zu lassen und mit Grabesstimme sagte sie: »Milena ist mit ihm gegangen. Am selben Tag. Der arme Fisch.«

»Oh mein Gott!«, schrie Lena, und nun schimmerte es auch in ihren Augen verdächtig feucht. »Das muss ja ein Schock für Willi gewesen sein! Ich mag es mir gar nicht vorstellen!«

Ihre runden Kulleraugen suchten das Gewässer erneut ab, als könnte der dritte Fisch dadurch wieder lebendig werden.

»Zum Wohl, liebe Lena! Auf die, die von uns gegangen sind und die ewig in unseren Herzen weiterleben.«

Die beiden Frauen stießen in Trauer miteinander verbunden auf ihren Willi an. Paula schenkte noch einmal nach und dann erzählte sie Lena, welche Gedanken ihr nicht aus dem Kopf gehen wollten. Für sie stand Willis Tod mit dem seines Lieblings, des Koi-Karpfens Milena, in Verbindung.

»Willi hatte ja schon lange ein schwaches Herz. In diesem Herbst sollte er operiert werden. Der Termin für die OP stand seit Wochen fest. Mein Mann durfte sich nicht aufregen, aber Milenas Tod …«, sie stockte, wischte sich über die Augen, »hat ihn im wahrsten Sinne des Wortes aus den Puschen gehauen.« Paula schluckte, wischte sich eine Träne von der Wange und sprach, geschüttelt von Schluchzern, mit leiser Stimme weiter.

»Und das Allerschlimmste ist, ausgerechnet in dem Moment als er von mir ging …, in dem Augenblick, wo es draufankam, war ich nicht bei ihm. Ich bin nur kurz einkaufen gefahren und als ich zurückkam, fand ich ihn reglos neben dem Teich. Da!« Sie zeigte auf den Zwerg. »An der Stelle, wo mein Ruhegern jetzt steht. Ich habe ihn angefleht, er solle wieder aufwachen, während ich auf den Notarzt wartete, aber er rührte sich nicht. Er war tot. Der Arzt konnte nichts mehr für ihn tun. Es war eine böse Verkettung unglücklicher Umstände. Der Doktor meinte noch, dass sein Herztod die Folge eines Bienenstichs gewesen sein könnte. Als mein Willi nämlich hier am Teich stand und sich über den Tod des Fisches aufgeregt hat, da muss ihn zu allem Unglück auch noch eine Biene gestochen haben. Du weißt ja, dass er Allergiker ist, äh …, war.«

Ermattet von diesem Geständnis setzte Paula sich und streichelte Ruhegerns Mütze. Den Zipfel hatte sie längst wieder befestigt.

»Wie furchtbar ist das denn! Oh mein Gott! Armer

Willi, das hast du wirklich nicht verdient, auch wenn du noch so ein Schlitzohr warst.«

***

Die Flasche Champagner hatten die beiden Frauen mittlerweile geleert. Im Kühlschrank stand noch eine Flasche Prosecco, die wollte Paula jetzt holen.

Auf dem Gartenweg zum Haus konnte sie sich ein Grinsen nicht mehr verkneifen. Mit welch einer Bravour sie doch von Willis Ableben sprechen konnte! Sie war selbst überrascht, welch ein verborgenes schauspielerisches Talent da in ihr schlummerte. Die Geschichte, die sie Lena aufgetischt hatte, war noch nicht einmal gelogen. In der Tat war es der tote Fisch gewesen, der sein Herz zum Stillstand gebracht hatte.

Paula dachte daran zurück, wie appetitlich und mit wieviel Liebe sie den Fisch zubereitet hatte. Willi war früher leidenschaftlicher Angler gewesen und hatte Paula in die Geheimnisse des Häutens, Zerlegens und Filetieren eines Fisches eingewiesen. Das Fleisch des Edelkarpfens schmeckte köstlich. Es war eine Delikatesse, so zart, und in Kombination mit einer feinen, zitronigen Geschmackskomponente, war es ein kulinarischer Hochgenuss. Umhüllt von einer fluffigen Weinschaumsoße und garniert mit frischen Kräutern hatte Paula den Koi ihrem Mann serviert.

Als Willi nach dem Essen, satt und glücklich, seine Fische füttern wollte und seinen kleinen Liebling vermisste, hatte Paula ihm im Vorbeigehen zugerufen, dass der Fisch jetzt in seinem Magen schwimmen würde und dass er ihm doch vorzüglich geschmeckt hätte.

Ohne ein weiteres Wort ließ sie ihn stehen. Sie hörte ihn japsen und nach Luft ringen und fuhr zum Einkaufen. Dass in dieser schweren Stunde auch noch Bienen auf ihn fliegen und ihn sogar stechen würden, das wertete sie als höhere Gewalt. So etwas konnte man nun wirklich nicht einkalkulieren.

Mein Willi hatte wirklich ein großes, aber leider zu schwaches Herz, dachte Paula und fügte in Gedanken hinzu, als sie zu Lena zurückkehrte: *Und er hatte eine feine letzte Mahlzeit! Ein echter Liebesdienst, den ich ihm erwiesen habe.*

***

Lena saß mit dem Rücken Paula zugewandt auf der Gartenbank, als diese zurückkehrte und hielt *Ruhegern* an sich gepresst. Der blasse Teint der Rothaarigen schimmerte schneeweiß zwischen dem Meer leuchtender Blüten.

»Was hast du mit ihm gemacht? Was ist das da drin?«, zischte sie kaum wahrnehmbar.

Vor Lenas Füßen lag ein Taschentuch auf der Erde, darauf ein Häufchen Asche und ein laminierter Zettel. *Nun bist du auf ewig mit ihm vereint, Milena*, stand darauf.

»Ach, das hat nichts zu bedeuten, liebe Lena. Ich habe beim Brennen des Zwerges lediglich alles was ich an Groll und Ärger in mir trug auf Zettel geschrieben, in den Zwerg gefüllt und ihn dann zum Brennen in den

Ofen gesteckt. Das müssen wohl die Überreste meines Grolls sein«, sagte sie leichthin und zeigte auf die Asche. Eiskalt blickte Paula durch ihr rotes Brillengestell auf Lena und dachte bei sich: *Dich krieg ich auch noch.*

***

Die Grillen zirpten, der Prosecco perlte in den Gläsern und Lena durfte die Asche, die noch immer auf dem schneeweißen Taschentuch zu ihren Füßen lag, in den Teich streuen, zu den Kois.

Willi, der dicke rotschwarze Koi, riss sein Maul gierig auf und verschluckte sich an der Asche. Bläschen stiegen empor. Paula lächelte ungerührt und fragte sich, seit wann Fische husten könnten. Im selben Moment fiel ihr zudem ein köstliches Rezept für ein Fischgericht ein.

Mit einem Blick, der Himmel und Hölle in sich vereinte, lud sie Lena ein, doch noch zum Essen zu bleiben. Die Gute sprang bei den Worten jedoch so schnell und so ungeschickt auf, dass sie um ein Haar in den kleinen Teich gefallen wäre. In Windeseile rappelte sie sich wieder auf und stürzte aus dem Garten. Nie wieder ließ sie sich bei Paula blicken.

Paula indes töpferte weitere Zwerge und genau zwölf Monate nach Willis Tod zierte das Bild ihres Gartens, samt Zwergen und Gartenteich, die Titelseite der *Gartenlust.*

Spätsommerphantasien

Sie war so schön, wie sie da lag, frisch und rosig im grünen Gras. Sie regte sich nicht mehr. Nun gehörte sie endlich mir, genießen wollte ich sie. Gleich, am liebsten sofort. Zuvor aber sollte ich die Harke zurückbringen, in den Schuppen. Es könnte sonst einen falschen Eindruck erwecken, falls mich jemand sieht. Ich mit einer Harke bewaffnet und …

Nun, ich hatte wirklich nichts Unrechtes getan. Ich hatte sie nicht verletzt, ihre Schönheit war noch immer unversehrt. Ich hatte sie mit der Harke nur ganz leicht gestreift und plötzlich lag sie da.

Sie hätte sich halt nicht so anstellen sollen! Ich konnte sie gut leiden, schon immer. Sogar mein Vater mochte sie sehr gern. Er hatte sie aufwachsen sehen und sich von Anfang an rührend um sie gekümmert. Es grenzte an Schwärmerei, wenn er von ihrem Duft und ihren prallen, roten Apfelbäckchen erzählte. Er hatte sie mir besonders ans Herz gelegt.

Und nun stand ich vor ihr. Es war ein warmer, würziger Spätsommertag mit erdigen Düften und einem sanften Dunst, der alles in eine Wolke aus Unschuld und Lebenslust hüllte.

Die Gartenzwerge im Gras lächelten zufrieden, oder grinsten sie boshaft und hinterhältig? Mir war etwas schwummerig zumute und ich glaubte zu sehen, wie einer der Zwerge mir zuzwinkerte und sich vorstellte als Bert, als Herr Bert und der dann sagte: »Alles ist gut.«

Wenn sie mich doch bloß nicht die ganze Zeit so von oben herab angeschaut und mir das Gefühl gegeben hätte, klein und unbedeutend zu sein. Sie provozierte mich. Immer wenn ich sie ansah, lachte sie zu mir herunter, zeigte mir verheißungsvoll ihre Rundungen, aber dann zierte sich, zu mir zu kommen.

Was sollte ich denn tun? Ich war in dieser besonderen Stimmung, ich wollte sie riechen und schmecken. Ich fühlte mich unbeobachtet, wir waren allein miteinander und ich hatte solch einen unbändigen Appetit auf das süße Früchtchen. Auf Ingrid-Marie, die nun reglos unterm Apfelbaum lag.

Beinahe zärtlich hob ich sie auf und legte sie zu den anderen Äpfeln in meinen Korb.

Elfchen

Ein Elfchen ist eine Gedichtform. Bestehend aus elf Wörtern. Es muss sich nicht reimen!

Das erste Wort kann ein Eigenschaftswort, eine Jahreszeit, eine Farbe, oder ein Gefühl sein. Die Worte wollen gut ausgewählt sein, es sind ja nur elf Worte, mit denen aber viel gesagt werden kann.

So geht's:

        1. Zeile – 1 Wort

        2. Zeile – 2 Wörter

        3. Zeile – 3 Wörter

        4. Zeile – 4 Wörter

        5. Zeile – 1 Wort

        = insgesamt 11 Wörter

Beispiele:

Elfchen
Keine Elfen
Sondern ein Gedicht,
bestehend aus elf Wörtern.
Zauberhaft!

Glück
Ein Wunsch
Fürs ganze Leben
Nicht nur zum Geburtstag
Glückwunsch!

Blau
Entspanntes Blau
Kleine weiße Möwe.
Weißer Fleck weit oben.
Himmlisch!

Strandgut
liegt da.
Von Weither angeschwemmt,
könnte abenteuerliche Geschichten erzählen.
Fantasie!

Probieren Sie es doch selbst einmal aus!

Urlaub

... .

... .

... .

...

...

... .

... .

... .

...

Leseprobe:

Sanddornküsse & Meer

Prolog

Omas Nähkästchen musste unbedingt mit in mein neues Leben, auch wenn das auf den ersten Blick albern erscheinen mag. Zusammen mit einem netten Sümmchen und ihren Sprüchen hinterließ sie es mir als persönliches Andenken. Eine ihrer Weisheiten hatte sich mir besonders gut eingeprägt: *Ein anständiges Mädchen hat immer eine Handarbeit!*

Vielleicht hegte Oma Melli die stille Hoffnung, dass ich allein durch den Besitz des Nähkästchens ein anständiges Leben führen würde.

Mit meiner Oma verbrachte ich viele Sommerferien auf Norderney und verliebte mich schon damals in die ostfriesische Insel zwischen Juist und Baltrum.

Stundenlang konnten wir am Strand entlanglaufen, haben Muscheln und Strandgut gesammelt, im Sand gebuddelt, Drachen steigen lassen oder den Möwen im Wind hinterhergeschaut. Mit ihr stiefelte ich zum ersten Mal ins Wattenmeer und war erstaunt, dass der Meeresboden mit seinen winzigen Löchlein aussah wie ein Sieb, aus dem kleine Bläschen aufstiegen. Ich traute mich sogar, einen lebendigen Wattwurm anzufassen, obwohl mich das zappelnde, glitschige Ding ziemlich ekelte. Der Wattführer klopfte mir hinterher anerkennend auf die Schulter und erzählte uns wilde Geschichten von Würmern und Muscheln, die ich ihm natürlich alle geglaubt hatte. Erst viel später kam ich dahinter, dass er ein Meister darin war, Seemannsgarn zu spinnen.

Gern erinnere ich mich auch daran, wie oft wir bei einem Eis oder einem Stück Kuchen oben an der Marienhöhe saßen und nicht genug davon kriegen konnten, den Fährschiffen hinterherzuschauen und die Aussicht zu genießen. Wenn mir das zu langweilig wurde, lief ich zum Spielplatz am Weststrand und tobte mit anderen Kindern herum. Meine Oma kam später nach, breitete ihr Tuch in einem Strandkorb aus, machte es sich dort gemütlich und lauschte dem Meeresrauschen. Manchmal schrieb sie etwas in ein kleines Büchlein, das sie sofort zuklappte und versteckte, sobald ich angerannt kam.

An Schietwettertagen, die es natürlich auch mal gab, verbrachten wir etliche Stunden im Schwimmbad. Manchmal besuchten wir auch das Bademuseum und bestaunten die Schätzchen aus vergangenen Zeiten. Irgendwann fingen wir damit an alles aufzuschreiben, was uns Spaß macht und was wir in den Ferien unternehmen wollten. Noch heute erstelle ich mit Begeisterung für alles Mögliche To-do-Listen. Das ist eine meiner kleinen Macken, die ich wohl meiner Oma zu verdanken habe.

In den Ferien genoss ich bei ihr viele Freiheiten, sie achtete nicht auf Schlafens- und Essenszeiten, stattdessen passte sie auf, dass mir die kleinen Wunder der Natur nicht entgingen. Außerdem brachte sie mir Stricken und Häkeln bei und sie zeigte mir, wie man Traumfänger bastelt. In ihrem Nähkasten fand ich unter allerlei Krimskrams ein besonders schönes Exemplar, das ich ins Fenster hängte. Muscheln und Federn waren darin einge-arbeitet, aber auch drei Knöpfe, die mir Rätsel aufgaben.

Meine Erinnerungen an Oma Melli waren sicher auch ein Grund, weshalb ich meinen neuen Lebensmittelpunkt auf Norderney zwischen Ebbe und Flut aufhängen wollte.

1. Kapitel

*M*ein Hang zur Romantik knallte mir immer wieder dazwischen. Mit Windstärke zehn wehte er mal in Rosarot, und dann wieder in Himmelblau über mich hinweg und haute mich jedes Mal um, obwohl ich bereits seit vier Jahren zur Generation 30 plus gehöre.

Ich spürte die Böe förmlich, als ich oben an Deck der *Frisia* stand und in mein neues Leben schipperte. Die Seehundsbänke hatten wir längst hinter uns gelassen und die Silhouette Norderneys kam unaufhaltsam näher. Das grüne Dach der Marienhöhe war nicht mehr in Sicht, wir würden also in Kürze auf Norderney anlegen. Die Partygänger, die über den Maifeiertag die Insel unsicher machen wollten, leerten ihre Flaschen und verzogen sich angeheitert und gut gelaunt ins Innere der Fähre.

Das war der perfekte Augenblick! Jetzt musste ich es tun! Ich stand an der Reling und schaute wie hypnotisiert auf die Insel, die im dunstigen Sonnen-licht vor mir lag. Mit der Hand umklammerte ich das kühle Metall, das ich seit meiner Abreise mit mir herumschleppte. Ich fuhr ein letztes Mal mit dem Daumen über die sanften Schwünge der eingravierten Buchstaben:

Marie & Lucas – für immer!

Über mir kreiste eine Möwe, bereit sich herabzustürzen, sobald ich meine Faust öffnen würde. Sie hoffte wohl, sich eine ordentliche Portion Futter abholen zu können. Entschlossen löste ich meine Finger, schaute das Ding zum allerletzten Mal an, holte schwungvoll aus und schmiss das Liebesschloss in hohem Bogen in das graugrüne Wasser der Nordsee. Das Geräusch des Aufpralls klang wie tosender Applaus, Sekunden später war es futsch. Verschluckt, als hätte es nie ein Liebesschloss, nie eine Liebe, nie einen Traum von Heirat und Familie gegeben.

»In wenigen Minuten erreichen wir Norderney. Wir bitten alle Fahrgäste …«, tönte es aus dem Lautsprecher. Ich gehörte zu den letzten Passagieren, lief nach unten zum Ausgang, quälte mich zwischen den ungeduldig wartenden Urlaubern zu den Gepäckfächern durch, schnappte mir den Trolley, meinen Rucksack und den Beutel mit Omas Nähkasten. Meinen großen Koffer hatte ich wohlweislich vorausgeschickt.

Ein Prickeln wie rosarotes Brausepulver breitete sich in mir aus, als wir an Land gingen und ich den Schriftzug *Norderney – meine Insel* erblickte. Mein Herz hüpfte vor Freude und mein Puls schnellte in die Höhe vor lauter Begeisterung. Ich war geflasht von meinem eigenen Mut, dass ich das Liebesschloss und damit einen Teil meiner Vergangenheit über Bord geworfen hatte. Endlich war ich angekommen – nicht nur auf Norderney, sondern auch in einem neuen Leben, von dem ich mir viel erhoffte.